robson ashtoffen

Nascido em 1987 na periferia da Zona Sul de São Paulo, filho do êxodo de pai e mãe nordestinos do sertão e dos canaviais, Robson inventa Ashtoffen como autor de si mesmo. Doutorando em Educação, é músico, compositor e produtor cultural. Reuniu 20 anos de escrita e publica pela primeira vez parte desse período poético.

APRENDER A SE APAIXONAR OBSERVANDO RÉPTEIS

robson ashtoffen

editora Urutau
primeira edição
2022

O —

editora Urutau

rua do cajú, 478,
jardim das cerejeiras
06724-015
cotia-sp (brasil)

rua manuel pacheco nobre, 128 - 5º esquerdo
2830-080
barreiro (setúbal)
portugal

[+351] 928053619 [portugal]
[+55] 11 9 4859 2 426 [brasil]

www.editoraurutau.com.br
contato@editoraurutau.com.br

[EDITORES]
tiago fabris rendelli & wladimir vaz
[COORDENAÇÃO DE REVISÃO]
debora ribeiro rendelli
[REVISÃO]
juliana palermo
[DIAGRAMAÇÃO]
victor h. azevedo
[CAPA]
victor h. azevedo, sobre aquarela de autoria anônima

dados internacionais de catalogação na publicação (CIP) de acordo com ISBD

ashtoffen, robson
A829a aprender a se apaixonar observando répteis / robson ashtoffen. — cotia : urutau, 2022. 140 p. ; 14cm x 19,5cm.

ISBN: 978-65-5900-366-2

1. literatura brasileira. 2. poesia. I. título.

2022-3193 CDD 869.1
CDU 821.134.3(81)-1

elaborado por vagner rodolfo da silva - CRB-8/9410

sumário

[42] Leito dialético
[43] Vasto sub-mundo
[44] Meu sonho é ter uma máquina de moer cana
[45] Alma de diamante
[46] A revoada circular de pombos
[47] O jegue de Amsterdã
[48] O reflexo com que o espelho me presenteia
[49] Cigarro tcheco
[50] A fera
[51] Rastamundi marelem rettardivoltimeesper
[52] Duplo
[53] Análise científica por não cientistas
[54] Tieguanyin
[55] Meta blasfêmia
[56] A poesia deve ser castrada
[57] Homem duplo
[58] Nas cascatas do sentimento aberto
[59] (.)
[61] Essência
[62] Rio Tigres
[63] Ramifico uma dança com as pernas trançadas
[65] Dê-me meu nome
[66] Olha, fio
[67] Ele sente os próprios ossos com as mãos
[68] Deseo
[69] Tempo/Tempo (ler muito pausadamente e lentamente)
[70] O elo sine qua non
[71] Rejeito o prato a minha frente
[72] Vaza o líquido
[73] Fogo, água, sentido
[74] Sou homem que a terra dá
[75] Vivt-me rasp-elo h-ijo Mgdale Mamento
[76] No tilintar do meu músculo do antebraço esquerdo
[77] Não é possível dedicar o amor somente àquela mulher que anda
[78] Ocorre me de deixar-me a luz das armas me buscar-me
[80] Quem é que derruba a merda no colo?
[81] Atração das penumbras entrevadas
[82] Pediram a minha morte
[84] Régia loucura que me rege

WOLLENGEIST
OU SERES SIAMESES CHAMADOS FOME E DESEJO
(2022)

VIA LÁCTEA
NO TELESCÓPIO SERTANEJO
(2012)

Há quase dois anos não via minha mãe, desde a morte de meu pai. Meus familiares, tios, avós, há mais tempo ainda. Cresci a barba e eles perceberam bem. Cheguei para passar exatamente uma semana. Vim fazer poesia, acima de tudo. Mas descobri que não fiz nada, somente anotei o que ouvi, vi e percebi. E a poesia se fez, me olhou fundo nos olhos, bem quando numa noite sem nuvens, quente com brisa fresca, a Via Láctea me apareceu limpa e aberta e me pôs no meu lugar. Vi o tamanho do céu e que tudo está escrito.

In memorian — Gazula e Fusquinha, falecidos em 2022.

Iod, mem, schin — Eloim

ATO I

Cangaia

Ô povo que nem burro
Bate pata com pata
Mas não sai da cangaia
Terra rica do povo
Nasce pobre
Morrerá pobre
E assim seja
Porque o é

Abelha dourada

Minha burra piratinha
Adjunto cum fronteiro
Cavalo de parra
Banhado em branco
Nas patas e fuça
Fronteira larga
Desmantelei-me
E as fotos perderam a vivez

Amuntado vaquejada
Vagueava pelas terras
Do chuchu, batata
Aqui me dava a vida
Os rebentos batizados
Com os nomes que sopravam ao ouvido

Desde menino
Desmontei-me da burra pro touro
Zangado chifrar despedir o sangue
Que me carregava pelo trem a São Salvador

Olho o mundo, estrela, moças, morenos do mundo novo hoje
Sento e assisto
Às fases da lua

O mundo anda todo pelado

Chuva cadê?
Os pobres não lacrimejam mais
Fome que veio do céu à terra da terra
Ao mais fundo
Terra
Nunca se acaba
Pelaram as árvores
Que chamam a água
Adoeceu o povo
Povo fome
Fome vem
Povo fome
E os bodes cabritos
Caminham

Luzatiça

Lá no alto da serra
A chama-luz atiça morenas na terra
Paralelepípedos
Açoitam chinelos no calcar caminhada arrastada
Na Rua do Fato
Donde mulheres resguardavam os bois de longe
E ali tacavam os buchos
Pra urubu grilar
Garimpo do ouro
Que nasce em tripas

Alumeie

O trem que cruzava o sertão
Levava gente e dava de comer e beber
Da chapada, Serrinha, Jorro, Juazeiro Mineral
Acabaram com tudo
Belarmino Pinto me soprou que os homens
Governam para si

Alumeia-me, lua cheia
Que enche o copo do céu
Derrama tua luz
No catracar dos trilhos rodados

Do sino dó ré mi ré
A igreja matriz conta o tempo das palestras
No alpendre de vinte anos

Vero é a lua

Tu és fumeiro de longas linhas
Que percorrem e marcam tuas mãos
Eu disse que a salvação é fina e homem nenhum
Há de me dar
Ah, má num é, ôx.

Política e comércio/Comércio e política

Agem feito v-agem
Escalda que tu vês semente guardadinha
Pontiada cada qual no teu seio
Política e comércio
Não há mais escola de música
Bolachinha e o maestro
Minino de cinco anos
Com clarineta há de ver
Vaquejada é com mulher montada de riba

Já foi o tempo
E os homens não sabem medir
Só sabem palmo a palmo da própria altura
Largura
Mas a profundidade
Só no caminho do mar

Aqui se foi
Não há
Três anos de seca
Vi minino caindo
E o povo pelejando
Tempos são outros

O trem é só de carga
E a política é comércio
E o comércio é política

Seu Adão

Nunca viajei
Da terra vista dos meus anos
Nunca o mar doutros
Só aquele que me salvou
Meu mar de São Salvador
1918 — Fumo desde os oito
Catarro me limpa
Dotô João me olha
E dum cavalo
Só me alembro olhando da vida
Para a vida
Do alpendre

Fumava
Porque espantava muriçoca
Tirava o leite
Lá vinha muriçoca
Carcomendo
Um gole de pinga
E o bole-bolado
Da raspa do fumo solto
Vivo viúvo c'os filho cortando
E pelando o mundo
Outros tempos

Golpe de arruda

Os ventos vêm bater a gente
Na mudança das fases da lua
Chama o rezador
Porque há de ouvir os velhos
Chama o rezador p'ro véio desmantelado

Há quem se arrete
Me dando de graça salvação
As coisas desafinaram
Fino era
Desmantelou-se o mundo
Que fico de olhar
Vaqueiro da fazenda
Eterna no resguarde de Deus
Eloi

ATO II

Tomemos o caminho da roça

O carro de Babá não leva as estradas

Vai pela de terra rundada de costelas de vaca

Para a casa de vó Munda
Jungo, Mulungu, Mandacaru
Curral Véi, Sitío da Nininha

Rauâne, Marinho se arriliano
No banco de trás
Vó Munda e o véio Gazula
Esperam com a ânsia da felicidade

Vão preparar o bode

Morreu descanelado
Enrrabado pelos cachorros
Caçam com Tio Zé
Piaba, finado Gigante
Bicho ligero arruinado
Num tinha tatu que restasse
Amuntuado nos pé de macambira
Nas cerqueiras da roça
Lua cheia pede caça

Bote na panela
Vovó e Tia Didi ingredienta
Domingo assa

Arrupeia o tabaco todinho

Hoje é dia de jogo no Fonseca
Povo do Genipapo de Baixo
Sitío da Nininha
Vão tudo comemorar
No sábado que o sol já castigou

Para esquecer a secura
Abrir os carros com o brega tremendo
As nega esquentada e o uísque arrematado Passaport
Teacher's
Com energético
É, Tio Zé
A bebida subiu foi muito

Eta véi Gazula

Das prosas com o véio Gazula
Na época de Lampião
Ô Virgulino valente
Matou uma carrada da família de seu pai
Povo valente não era pouco

Ladrão naquela época era como?
Quem é que tinha rifle de atravessar os pés de licuri?

Ali passou os cabra do cangaço
Uma vez deram de comer e beber ao homi e seus cabra tudo
[butaro veneno
Mas as colheres do bando eram todas amarelas
E quando puseram nos prato de feijão empreteceu
A chacina foi grande
A cozinheira traiçoeira
Amigada de Virgulino
Parece que caía de vez em quando
Nos braços do bando
Foi a primeira a parecer
Um pé de licuri

Tá é ariado

Ôx, e existe elefante na Bahia, ninho?
Em Monte Santo, homi.
No circo

Ô

Ói, os cachorro c'as cachimba inchada
Tá querendo é emprenhá
E Babá num disse também lá da bucada do Fonseca Tinha uns
[pilape de até dois quilos arretado
Totonho do Tita também gosta de uma pescaria
Ô arretado
Jacurici, ói.

Bora no açude de Camandaroba?
É peixe pra assar demais, homi.

Povoados

Fusquinha que chamou ao Vale dos Bois

Má antes bora na presa
Que de noite Tia Maristela vai logo fazer um Mucunzá e dizer:
[— 'Seu cu!'

E essa presa nova?
Tá seca como o céu
Meu fio, ô

E aquela nuvia?
É de Mércia

Vou lá tocar
O gado gosta
E aconchava as orelhas
Olhando pro trombonho
As crianças tudo rindo
De tabaroagem
E vovô contando história
Eta, veio Gazula:

‘Cágdo gera quando ronca trovão, dizem.’ Ói, ninho trouxe mucunã
Diz que na presa tem um bucado
É bom p’ra verme
Então vou levar pra São Paulo

Uma pedra que parece ametista
No pé do licurizeiro
Um crânio de cachorro
Pensemo que era bode
Porei na porta
Com um olho
A porta é um mistério

Tia Dedé, a mística

Gire sete vezes esse livro
Pense numa coisa sua ou de outro alguém
Abra o livro de Nei Naiff
Pensando primeiramente em Deus

E esse menino que viu o Papa?
Tem a cabecinha p'ra trás
Vê tudo invertido
Viajou o mundo todo
Abençoado Cláudio
Trabalha com informática
Vê tudo ao contrário
Porque Deus quis e assim seja

É guerreiro porque é invertido

Vá se aposentar/deu entrada na justiça/tá é encaminhado

Fusquinha, nego malandro
Ói, o boné o jeito.
Tomando logo um Biloni
Ouvindo Genival dos Santos
Fernando Mendes
Zé Ribeiro
'Não quero aliança
Não quero lembrança p'ra não sofrer/
Hoje na minha amargura
Faço uma loucura com essa mulher/
Ela me fez de palhaço/Faço uma loucura
Com essa mulher'

Eta brega danado

Zé Cosme
Ca'bicicleta
Toda torta, bichinho
Veio vê o povo
E o véio Gazula disse
Para parar de gastar demais
Vai mudar o sistema do leite

Gazula, qué o bolo não?
— Quero nada.
Ói, Marinho-Rô

ATO FINAL

Via Láctea no telescópio sertanejo

O céu abre um espetáculo
Que me deseja abrir uma rede no pé de siriguela
E dormir fitando o céu melado pelo leite
Da via de Galáxia

Viajante das palavras
Um universo se abriu aos meus olhos
As luzes de aviões
Pertenciam à Via Láctea

Todos nós pertencemos à Via Láctea naquele momento mesmo
[com a novela
As atenções para a hora de deitar-se
O universo continuava enorme
Além e dentro de nós mesmos

Mas que grande galáxia
Essa da seca
Do tempo curto
Do tempo longo
Que não corre
Só devora com farinha
Abóbora e feijão tropeiro

Véi Gazula vai mudar o sistema do leite
E a Via Láctea continua majestosa.

MUITA ORELHA PARA POUCO VAN GOGH (2010-2013)

Decidiu um dia respirar menos

Decidiu um dia respirar menos
O mínimo para que o pulmão não reclamasse tanto
Como exercício que há de se acostumar
Com os anos, respira-se menos
Anda-se menos
Conversa quase nada
Calou-se, para que a língua não reclamasse tanto
Fechou os olhos e fez-se cego
E a tudo se acostumou
A linha reta que sai do corpo e dos olhos que se abrem
Todos os dias
Continuou reta
Apesar das tortas decisões
Percebeu-se então que o torto está dentro
E a reta de fora é formada de pequenos pontos
Tortos

Assumas a pena que escreves

Assumas a pena que escreves
Se os velhos que choram lembrando do que era
Mas que nunca chegou a ser
Vai aos protestos do que era bom
E agora apodreceu
Uns clamam pelo fim como um grito desesperado
Por alento ou um deus em formato apocalíptico
A escatologia dos instrumentos manufaturados
E dos martelos gastos em uma ideia já morta
Chutemos o cachorro belo
A loira que não podemos matar
A mulher que chamamos de cristo
Que lava para muitos
E cacheia os cabelos somente quando o verão vem
E aquele músico que distinguia o som pobre do rico
Era gozador de piadas longas e cantadas
Foi morto pelo governo porque era triste demais
Para a população alegre e rapa gomas do chão preto
Vem p'ra me dar um vômito eu me indigno
Me corto, escrevo sem ver, vou falando como surdo
Em nome do foda-se
Em nome de alguém que é sem esperança em tudo
Menos em si, pois sou egoísta

Vai e não volta, velho
Vai

Leito dialético

Na semente vejo a convergência dos tempos
Tal ponto denso do início
É também o fechar de um contínuo aberto
E dentro desse minúsculo ser de densidade infinita
Há um leque de possibilidades
Leque de densidade infinita
Ao ser aberto germina perfazendo-se
Rumo à explosão dessa densidade de poder
Para se contrair novamente como o universo talvez um dia irá
O pequeno ponto faz amor com o meio
Toma coragem para existir
É o Homem na sua perfeita analogia
É a vida aperfeitando-se, varando o tempo
Descolando o espaço
Para onde e para quando
Há sentido na sua direção?
Eis a semente que me diz, maturadamente sábia:
A pior forma de morrer é definhar
Pois é lenta e bem clara a visão da alma se descolando do corpo
A memória é a fonte da dor

Vasto sub-mundo

Vasto sub-mundo
Regado, palmado, recobrado
Era uma vista chinesa muralhada
Encoberta pelas heras que cresciam ao redor
E decretavam que ali também havia vida
A pedra é minha amiga, e como ela muda
Emite sinais, me consagra e me mostra seus parentes
Uma montanha me acenou e me simbolizou
Que debaixo dela o que se encontra é vasto
E o que está por fora era só vista
A Natureza dá os toques
Como o diabo de Raul
Entoando o cântico de Zulu
Escondido, no vasto
Sub-mundo que surge
Sob todos os nossos narizes

Meu sonho é ter uma máquina de moer cana

Meu sonho é ter uma máquina de moer cana
Dentro de casa
Meu sonho é tomar o caldo de cana toda manhã
Dentro de casa
Meu sonho
Mora dentro de casa

Alma de diamante

etioN ad
odem on es-racnart araP
adaicneliS
etneciteR
etner-aC
saicnêreuq sad ossecus o uO
oãçiurtsed a asuac euq ossI
orberéc on otnemasnep mu omoc missa atluco É
etnamaid ed amla A

A revoada circular de pombos

A revoada circular de pombos
Aguarda o pouso delicadamente
Criandos os círculos no ar
Enquanto os carros esperam
E contemplam
A revoada
Descem numa precisão matemática
Mas nunca foi
São somente pombos

O jegue de Amsterdã

Eu vi, eu vi
Aquele quadrúpede mourão
Rebaixado com a crista dura e seca
Como pode?
Ele suporta o frio, bebe água pouco
E carrega
Veio de avião? Mas como pode?
Nessas terras nada disso tem
Ele anda pelas ruas na ciclovia
Respeita a todos
Oferece carona aos necessitados
E se desmonta dormindo em pé
Na nubla e tenra Amsterdã

O reflexo com que o espelho me presenteia

O reflexo com que o espelho me presenteia
Me mostra as cartas deitadas com a face para baixo
A lua e os uivos que são mudos aos ouvidos atrofiados
No meu ouvido o lobo, meu amigo, me contou o segredo
Que eles uivam tão baixinho
Tão baixo
Que nunca se ouve
O espelho se quebrou
E fomos chamados para montar um quebra-cabeças
Todos se cortaram
E a figura final era manchada de sangue
Um desenho medonho
Meticulosamente arranjado no espelho
Que agora refletia a verdade, como antes gostava de fazer
Por toda a sua existência
Quero jogar de novo e de novo
Até desmaiar de anemia
Anima — Anemia — Anima-te
Tragam suas gazes e curativos

Cigarro tcheco

Vista pro campo
Que imagino na cabeça
Um caderno que imagino no colo
Um queimar que acendo com o dedo
Uma asa que confecciono com os pés
Outra asa que vomito pela boca
Três pulmões que gero pelo fígado
Meus nervos têm coloração própria
E os vejo num espetáculo de cores
Quando me emociono ou toco algo
Quando eles se mostram vivos
Dizem para mim quem sou eu
E que trabalho está no meu corpo
Como uma fábrica que vive para si
Repetindo os processos
Para quê?
Eu não sei
De tudo não posso saber
Então imagino

A fera

Como há uma roda na tua frente
Se tudo gira e gira
Tua pele fora trocada
O que dói nem doeu
Foi gostoso
E a carne também caiu, não somente a pele
Não somente o gosto
Teu tempero é outro
Teu cheiro é o dela
E vívido
E decides sobre tu
Decides sobre a tua nova pele
E que todos vejam a distância
O novo animal que te tornastes
A fera

Rastamundi marelem rettardivoltimeesper

Rastamundi marelem rettardivoltimeesper
Nun-volti-des-elle-jo
Cignaski somu iu
Iu livo viventertropresen-ças
Secre-tutumond-surprveu

Duplo

O esquema montado
Cavalo partido em dois
Derramando todos seus pertences internos
Ainda serve para montaria

Análise científica por não cientistas

Análise científica por não cientistas
Criadores de rodas de ciranda
Efetivos misturadores de béquer
Soluço
Fogueira quente decanta
O sonho do artista
De posar nu para Deus
E ser condecorado o melhor dos humanos
Senta o rabo na ilusão de ficar amando
E proliferando poemas em relatórios de pesquisa
A fogueira abaixou
E sobe a gaseificação dos corpos mortos
Ele trabalha no IML
Ouve música
Pega busão
É igual a mim
Cientista criança mulher
"Eu desejo se eu morrer atropelado
Que me deixem dormir ao sangrar"

Tieguanyin

A explanação do seu caminho de morte e andança de vida numa xícara de chá
O vapor é o lápis que desenha e conversa contigo
Tão irredutível quanto um falante
Porém calmo e reflexo na sua subida
Para a sublimação

Meta blasfêmia

Meta blasfêmia
Vaso fundo longo encontro
Com o deus que distorce a percepção
Enfio a mão, perco os dedos
Ali a vida se condena
Sou um homem triste sem os dedos
Nasci para ser inteiro
Com a alma em pedaços

A poesia deve ser castrada

A poesia deve ser castrada
Para que não espalhe versos por aí
Para que não tenha versos mortos
Para que não acasale com o mundo
A poesia dá porque tem de dar
Pois seu ventre quer falar
Mas não podemos jogar palavras ao vento
Neste momento os rebentos morreriam de fome
E quem há de cuidar dos versos que devem aparecer
E dar vida a outros
É preciso castrar a poesia para que não tenhamos problemas
É preciso castrar a poesia
Porque esta já basta
Porque a dor é necessária para a vida e para a morte
Mas tudo passa
Até mesmo a mortal poesia
Que há de ser enterrada
Muda e sem versos
É preciso que não se cobre para castrar a poesia
Pois temos o dever de evitar o que se torna mortal
O imortal é aquele que não nasce
A poesia deve ser castrada

Homem duplo

O homem e tua arma em punho
O instante cortante remenda feridas
Somente dizer é não somente pensar
Quando digo sou o que traduzo
Sou resultado do maquinário de espécie
A arma pode falhar
Cair da mão
Porém a melhor arma é aquela que para o tempo
Conversa com a inércia
Ressuscita o não ocorrido
Revela a si
O prazer e a angústia de se ter esses dois ao mesmo tempo

Nas cascatas do sentimento aberto

Nas cascatas do sentimento aberto
Ainda ex-correntes pela minha perna
Debruçam sobre meus pelos
As angústias das cidades capitais
E seus pecados seminais
Que se bem temperados
Aguçariam mais visão
Por outro lado, a extorsão
Rem-ói de vista grossa para todos
Compradores de lentes usadas
Mesmo com o tempo espremendo a todos
Sobre os cantos
A missão divina enraizada no mais mundano dos paganismos
Reencontramos na busca sofrida do hedonismo
No toque de ética
Rasgando um diálogo sem valor
Palavras são exercício
De um cometido crime
Que irá ocorrer a cada momento
Na plena e bela cara de nossas fuças

(.)

Sou o beijo no cu
Sou devassidão
Alargado, perfurado
No tempo da sua criação
Cristo aparece em alma
Sobre o desenho da face num vestido
Florido duma Voluptuosa Mulher
Acusaram-na pela inveja
Separaram seus órgãos para cremação
Porém a venda aos sacerdotes de sacrifício penal
Rentabilizou
Vinho
Pão
Cânhamo
E Ína-ína
Todos sambam ao redor do corpo
Já rijo da mulher que recebeu o filho de Deus
Em seu vestido-ventre
Pinga nos seus cabelos
Sangue dos porcos
Circundam-na, agora
Beijo no cu
Devassidão

O vestido foi trocado por méla
E serviu bem em Hosana
Um beijo no cu pode ser tão carinhoso quanto uma benção de avó

Essência

Farinha
Arroz
Feijão
Banana
Pimenta

Rio Tigres

Meu corpo flutua e afunda
Afunda e flutua
No Rio Tigres
Estarei lá como estou em todo lugar
Mesmo você não vendo
Já está acontecendo
Como meu corpo regojiza
No Rio Tigres
Algo me abençoa
Não o vejo
Sinto meu corpo
No Rio Tigres
Perdi meus olhos
Os nervos agora correm
E concentram-se nas extremidades de meu corpo
Dissolvo-me por dentro
No Rio Tigres

Ramifico uma dança com as pernas trançadas

Ramifico uma dança com as pernas trançadas
Rígidas, pedra pura como qual num transe
Dos espíritos que tomam um corpo ao seu centro e extremidades
A dança faz ventar nos olhos
Embeleza o rosto de quem a toca
O ar expandido pelo poder de quem mexe
Da vida em trânsito, articulação
Remédio para o pó que se desfaz
E nele estamos
Como ele solidificamos os gritos contrários
Os silêncios roubados
As baterias rarefeitas em vida
Os ácidos que não mais corroem
Absorvem vida e cântaros que parem rios
Os lagos da salvação fedem e açoitam a pele
Urticária, maltratamento, rebuliço
Luzes, cruz, arma sedenta
Suor, sangue, minhas partes
Rezo, o demônio ensina
Sacramento, em cima a criatura vê
Com olhos do momento, repleto
Remelento

Aconchegado e acompanhado dos riscos
Marcados pelas costas, ombros e dedos
Relampejo, Relampejo

Dê-me meu nome

Ele adquire vários formatos
Da fumaça preta dos carros
Às alíneas do seu contrato
Retráctil moderno, mãe dos pais
Dono de toda terra
Não faz por temer
Sorri perante a guerra
É que todo demônio é rasteiro visto depois

Olha, fio

Olha, fio
Cê tá com nada
Carai de vida nada com nada é tudo
Tudo de vida é morte eu sou eu
Eu e você nada
Você não é especial
Quem te ama pode amar outro
E as pessoas morrem e cabou, fio
Fio, senta, calma, cala a boca e come
Chora se quiser mas lágrima não abre caminho
Fio,
Fio

Ele sente os próprios ossos com as mãos

Ele sente os próprios ossos com as mãos
Imaginando a revelação do mistério que a pele esconde
Mesmo no coletivo
Com os odores do Jd. Ângela, transfigura-se num cão
Cansado, arremetido
Pensa que a vida é uma merda, mas tem leite e pão
O pior há de vir e mais forte hei de ficar
Então foda-se

Deseo

Mesmo com as tensões que a política conduz
Você poderia fazê-la gozar somente com o olhar
Cala-te em discursos
Rasgo de um afago perde-se nas mãos
Renova-se no reencontro
Com quaisquer palavras ao pé do ouvido
Usa como caixa acústica o crânio e os nervos mais sensíveis
E marca como um faca enfiada com ódio e revirada
Para não cicatrizar

Tempo/Tempo (ler muito pausadamente e lentamente)

3
6
12
O tempo…
10
7
13
O tempo…
22
11
60
57
O tempo…

O elo *sine qua non*

O elo *sine qua non*
Da valsa intermitente
Intensifica os contratempos
Como se fosse tocada ao contrário
Inverte o avesso do coração e da alma
E a faz chorar
Ela, tristeza, sentia-se mole
Não acreditava que desejava matar e ser deflorada pela felicidade
Não acreditava em mais ninguém
Quebrou os pratos, sentiu-se amada
Compreendeu anos depois
Que era uma qualquer
E ser especial é artimanha para conseguir ouro
Roubar e afirmar que existe um tolo
Tola tristeza, tola moleza, sentido, mentira
Amava, de qualquer modo, a todos que a entristecem
E gritou, em pratos e êxtase:
"Pois nada está oculto, senão para ser manifesto; e nada se faz
[escondido, senão para ser revelado"

Rejeito o prato a minha frente

Rejeito o prato a minha frente
Com a cabaça recheada de água
Perco a fome e alimento-me somente com os olhos
Encanto-me com a forma disposta da comida
Daquilo que quer se transformar
A todo instante eu quero me transformar
Ser a comida
Transformá-la, senhora comida
Minha língua é incapaz de dançar
Meus dentes estão soltos
Minha garganta não trabalha
Dificulto o meu respirar
Para contemplar a comida
Que me come sem eu perceber
Me faz definhador de mim mesmo
E ainda assim vivo para saber da minha derrota

Vaza o líquido

Vaza o líquido
Vaza do ar
Deságua nas terras
Fomenta a vida
Corrompe o medo
Desafia a dor
E se faz desmaio
Ela senta mole
Engorda a cabeça, senta as pernas
Cruza a voz, inverte os olhos
Faz-se demônio conjurado por deus
Num acordo banhado a sangue
Pisa na cabeça do falcão
Que trouxe a ti a mensagem
E nas penas podíamos ler
Que nosso futuro já estava perdido

Fogo, água, sentido

Fogo, água, sentido
Perpétuo movimento de mim para os outros
Dos outros sento mole na cadeira
Eles me olham
Xingo o velho que me atrapalha nas condições de avanço
Ele me responde como se fosse eu o velho insultado
Para mim mesmo eu me enxergo no espelho do sonho
Que sou eu perante o mundo
Grande enigma, só olho vasto
Como crianças ingênuas
Lutando por bolas
E posses de si
Adeus, dá vontade de dizer à vontade
Mas tenho de almoçar
E prestar contas de amor e honestidade com o mundo

Sou homem que a terra dá

Sou homem que a terra dá
Sou a terra que apodrece o homem
Silêncio ao tocar, sente-se forte luz
Marejado
Incompleto
Vívido, apagado
Tinha uma pá na mão de uma criança
Decepou quem desejava
Sorriu

Vivt-me rasp-elo h-ijo Mgdale Mamento

Via práxis
Pele Conjunto
Juro pelo que não largo
Ciclos, Faquires, Bélicas
Rebelam-se perante os pregos tortos
Postos sob martelos
Restelo também pode matar
Faço sangue
Corre, me desmorre, vivo ao contrário
Vigár-Rio, Cole-mnefise, Cantentum-Vavevare
Vivt-me rasp-elo h-ijo Mgdale Mamento
Vive rondando-me, ei. Sai, mas volta
Volta porém

No tilintar do meu músculo do antebraço esquerdo

No tilintar do meu músculo do antebraço esquerdo
Sinto que todos são safados
No olhar discreto que emana dos automóveis
Naquilo que a roupa cobre
Aprofunda a safadeza
E floresce mistérios
Mesmo assim
Ainda vejo que todos são safados
Cuidam da safadeza como lhes impuseram
Ou revelam como nova forma de ver
Ou se matam trancando-a no porão de si mesmo
Mesmo assim todos são safados

Não é possível dedicar o amor somente àquela mulher que anda

Não é possível dedicar o amor somente àquela mulher que anda
Nela existem coração, pulmão e vísceras
Nela existe o andar, o equilíbrio de manter-se em pé
Como amar somente a um órgão?
Aquilo que se repete e se diferencia a cada reprodução
O Re — é diferente em cada passo que dá
Repete difere
Como amar a identidade negando a diferença?
Como amar um só braço
Sem o balançar do charme que percorre a pele lisa?
Como amar só um pescoço em que habitam pelos que dançam
[suaves ao toque?

Não amo o que vejo
Amo o tempo

Ocorre me de deixar-me a luz das armas me buscar-me

Ocorre me de deixar-me a luz das armas me buscar-me
Preparar um treinamento macabro de liberdade
À vinda dos restos já enebriados da resistência
Assim vou deixar-te
Lisa como lustre
Bruxuleante, chama que reduz o pó dos olhos
E ignora as palavras, me deixa mudo, portanto
Meu coração só bate e rebate sangue
Um dia há de parar, ou eu mesmo faço
Para provar a minha autonomia
Perante o mundo que sustenta o meu sangue
Impuro e misturado
Raivoso e amoroso com as pedras
E com a minha comida, e só
Te deixo no chão sozinha
Porque não devo nada
Éticas, nem às vidas que me cercam
Vamos todos separados embora
Porque nada nasce umbilicalmente cicatrizado
E junto
A faca que nos separa é viva e mesmo vermelha de ferrugem e
[sangue
Corta leve

Rasga livremente
A prisão das nossas próprias cabeças

Quem é que derruba a merda no colo?

Quem é que derruba a merda no colo?
O fato quente, recém-saído do útero
Primeiro nasce o cu ou a boca aberta?
Se você para
O cu ou a boca
Retoma capítulos anteriores
Remédio em flores
Páginas austeras de uma vida calada
Coleciona remendos de coração
Apatia das placentas dilaceradas todos os meses
Quem aguenta dar o tranco
Comer o santo, consterná-lo
Implorar por redenção
Mil anos de joelhos
Perante si mesmo, no colo do uterino
Para fazer nascer o santo, remédio
Triste tédio
Arguto demônio que lhe emprenhou
E assina a sina assassina do que há de se traçar sempre
Até o tempo em que a alma cansa e vai rodear por outros lados
Beijando e esquentando as verdades novamente
Com voraz veracidade

Atração das penumbras entrevadas

Atração das penumbras entrevadas
Leva o mais belo angelical dominado
Ao vício intermitente do jogo de luz
E a procura da salvação
Pelo canto choroso
Remarca as vidas longas estradas
Construídas pelo mármore mais raro
Mais puro
Aos porcos sagrados que passarão
E serão abatidos pela felicidade estupefaciente
No meu sono abatido
No meu coração ferido sem nós
Rasteja sobre espadas condenantes
Desanuvia o turvo lago das decisões
Faz-se vida dentro da morte
Coroa-se sorte na glória de uma vitória
Ganha e eleita pelo único candidato
À lucidez

Pediram a minha morte

Pediram a minha morte
Aqui está! Bebam-na, regurgitando-a belamente!
Narcíseros
Numa fusão dos complexos
Que vai da alma até a próxima bela galáxia
E da pergunta que alenta o planeta
Que plantou-se num espaço etéreo
Sagrados pelos meus mistérios
Assemelham-se à porta da vida de um velho
Pai de muitos, tristes algemados por vezes
Desalmados pelas Leis do homem
Este, o plantador, o cultivo de si mesmo
Nascente do vício e do falar contínuo
Símbolo de perce-vejos
Eu, o agora, resgato a minha morte
E deixo a vida ser outra
Fazer nascer noutra morada
Numa vila abastada
Quem sabe
Me receber num prato de comida
Fria
Ou até no matadouro dos porcos
Para as mais elevadas cerimônias ritualísticas

Sou parte do que não me é parte
E inteiro de verso remelexo do reverso do espelho
Em que apareço esfumaçado
Triste e deglutindo as palavras que me fazem homem
E me algemam como mulher, andrógino como deus
Retorno eternamente a minha cama berço
Donde nasci e também vou padecer
Na dor de deixar aquilo que plantei

Régia loucura que me rege

Régia loucura que me rege
Cálice mostrado à altura da boca
Tomo suas poções
De letargia litúrgica
E ascensão aos céus
O bater coincide com o nascer de asas
De um pássaro humano
Volante voltande no determinado instante
Que não se demora e nunca se sabe
Nascido à loucura que reina
Do caos mais ordenado já visto
Que me rege

*

*   *

WOLLENGEIST OU SERES SIAMESES CHAMADOS FOME E DESEJO (2022)

O amor em escravizar

Objeto que se lança contra aquele que enuncia
Quaisquer palavras
Seja no muquio da madrugada
Sejo no quente da manhã tropical
Ali mora uma tristeza travestida de desejo
Atônita ouvindo mariposas que se auto-flagelam
À luz dos postes de casas de campo
É o concreto armado sobre o solo
É o facão que corta a mata
Chão que se lança que sus-tenta
Vamos nos reunir para uma refeição
E posteriormente pensar

Projeto que se lança afastando-se de si
Este, portanto, determina o seu oposto
Enuncia
A cimitarra e sua lâmina curva
Atinge

É possível cortar tudo que é vivo?

A crueldade é um prato preparado, não se dispõe como insumo. Cruel exige amor, satisfação da efetividade, um colorau, uma resposta ao beijo que se dá através de telepatia entre os corpos

Sórdido
Gostoso
Confuso
Oculto

A crueldade é marinada, cozida e assada

É possível definir o servo?
Qual seu papel? Por que insiste em sua presença como um carente inconveniente parasita? É possível extinguir o servo?
Servir conecta

Aqui vemos sinais de arrombamento

Uma porta que serve, um elétron que nos obedece
Piamente...

Autodeclarado pobre de espirito
Vivo, pulsante, anônimo, corveia
Cativo natimorto obscuro novamente

O mundo acordará com outros serviçais à mesa

Servir conecta

O mundo não é um só
Nem projeto
Nem objeto

Assim voltamos à estaca zero

Sopa.
Primordial.
Zero.
Linguagem.
Desejo.
Pão.
Caim.
Sangue.
Cutelo e Cimitarra.
Ponta.
Servir.
Amor.

O amor também nutre o que apodrece
Amamenta o que mata e desola
Uma rocha é meu objeto
Um buraco é meu objeto
Não escravizaremos nada que possa ser flagrado a olho nu
Nada

Nossos objetos se projetam
Os projéteis se objetificam

Minha mão sangra
Cutelo, ponta de lança
As mariposas se machucam, seguem...

É possível servir?
Daquele que etiquetamos — não vivo!
Retiramos seus projéteis. Nascem os ausentes
É possível o servo pensar não vivo?

Uma ventania me trouxe uma poeira falante. Se curvava. Beijou minha mão. Senti os grãos me envolvendo docemente e senti que este ainda não sentia nada. Conversei sobre narcisismo, e a poeira me lia de cor trechos herméticos

Será que ela me ouvia?

Me pus como ignorante, porém perdi a competição. O tufão verborrágico se projetava para o 'ao contrário'. O cutelo o perfurou, e percebi que não havia corte, era uma dança

Devo dormir com um olho aberto?

Fechei os olhos
Respirei partículas
Abri

Alucinação é a linguagem
Alucino para dizer até que tenho sede
Alucinamos ao beijar, chorar ou cair
Machucar-se
Dor e servidão

Chicotes são linguagem
Alucinação mineral
O que é vivo não me assusta mais
O mineral tira meu sono

Vinte anos dormindo com um olho aberto. Um vidro. Uma criança me deu. Me deu o vidro da visão que contrai os músculos da mão para o cabo da cimitarra

Afiei meus caninos e trinta e sete minutos de exercícios maxilares

Morder o Servo
O Servo lambe
Baba de Shiva
Ira
O inanimado é declarado um animal
O animal avança para aquilo que não tem nome
Nosso amor é tão forte que a crueldade se torna um Deus
Completamente desconectado de nós

Fosse eu um animal digitígrado

Fosse eu um animal digitígrado
Sorrateria por todos os lugares
Invisível em vida
Percebido *post-mortem*
Com um livro nas estantes de uma biblioteca
Com sementes sobre o solo infértil que eu mesmo pisei

Fosse eu um animal digitígrado
Adestraria a mim mesmo sobre outros solos inférteis que haveria de pisar
Resistente à dor
Dormente a rezas
Potência nos dedos
Antenas da magia
Transubstanciando o sólido em sagrado
Desgazeificando a palavra
Rompendo através
Atravessadamente
As imagens com os dedos
E imprimem sólidas com peso e cores
Memória e trauma
Descanso e amor

O ilusionista senta-se na cadeira real para começar seu trabalho
O real vomita a ilusão dá cor e vida àquilo que a nega
veementemente
Mas fracasso quando crio uma cadeira
Ilusória e tento sentar
Quebro o cóccix
Tudo porque não sou um animal digitígrado

O remorso de Kalashnikov
ou Criando estratégias para que não me derrubem pelas costas quando eu estiver de cócoras

E ele disse, confessando:

"Não é porque eu não amo da forma que você aprendeu a amar que eu carrego em mim o medo do amor"

O arrependimento de um cristão que chora mesmo que à moda de histeria coletiva, um carro que se disfarça entre os bois, um sentimento talhado com o bordão:

Genuíno

A palavra diz a verdade, e o verdadeiro é a tampa mais pesada do que um braço pode erguer
É preciso da mão de apoio no ferro frio da escada que sustenta

O arrependido. Mas nem tanto.
Um punhado de chumbo
Um leve sopro matinal
O tapa que mata o mosquito solista

Todos estes elementos manufaturados
Desenhados e imaginados pela mão do assassino que habita em seu quarto
Insólito e invisível às leis da vida
Da moral que balança o berço
Em frangalhos
Pois já não sustenta o peso de um velho de oitenta quilos
A mesma madeira torpe é a da cruz
Projeta sílabas e murmúrios
Projeta gestos

Sinais

Ao relento do tempo da cruz
Afia a espada e cruza na decisão
Deito-me todos os dias
Mas durmo sentado
Chamavam o epilético de idiota
E no inverno tormenta

Seu cérebro evoluiu tecnologicamente para psique e memorizou dores e as fez arder

Criar uma arma é um engenho

Sentado de cócoras num campo verde
Olhos semicerrados
Filete de luz fria cega e queima a pele
Por que não haveria de queimá-la?

O sol está nas bandeiras de nações
As armas estão nas bandeiras das nações
O fogo é uma tecnologia
O calor do amor também

O cheiro de carne carburada sobre
Os joelhos flexionam-se para orar
A cruz está afiada e reluz com a palavra
A espada está mais pesada do que costume
Pois está úmida

Hoje não mais me derrubam
Não mais sabem onde me encontro

Dar o nome aos corvos para que o rejeitem

Dar o nome aos corvos para que o rejeitem
Dar o nome ao pixo no muro de forma ininteligível
Dar o nome repetidas vezes ao sussurrar

O ouvido do surdo
Tornar o nome na língua do mudo
Escrevê-lo em pena de pombo
Cegar uma galinha com um bico falso
Não temer as calúnias que são ditas em nosso sono
Somos fatos
Somos filosoficamente fatos patógenos
Venderia sua alma ao diabo se este fosse o nada?

A ideia, mosca inoportuna

Fuga do sentido
Não mais interessa aos olhos antes curiosos
O que atenta é de outra natureza
É o olho imaginário implantado
Que coça e não possui pálpebras
Derivado de uma técnica de tortura
Matadouro cinco!

O mel e as formigas do fogo
Será merecedor?

Ao entardecer vejo um pato
Atado a seu cordão umbilical
Pisca, brilha, vibra
Sentimos a morte por outros impulsos
E me faz querer viver
Alimentando as perversões que jorram da mente
Lobotomizando para que o desejo se ague nos lagos frios da [imoralidade
Num quarto que se faz aquário fosco de água turva até o talo

Aprendendo a respirar quase nada
Virando os olhos
Num querer de rompimento de si

Bata

E toda a cor de resposta ao amor é vermelha
Púrpura é flor
Desejo como um brinquedo maquinário
Em forma de roda da fortuna
Nauseante é aquele que não repetiu o suficiente a gastura de girar
Girando o desejo
O aquário é invisível
Assim como todas as coisas mais importantes
Encobertas pela razão

Víbora!

Uma beleza perversa
Alucinantes dentes chamados de razão
A prática da violência numa boneca russa
Abuso do sentido
Mágoa do tradutor
Este é o primeiro a pôr a culpa em si
O segundo é o nosso desejo
Roda gigante
Que mora na palavra da mão
Se esconde
Se camufla

Como um pipoqueiro ordinário na porta de escolas
Como aquele que colabora para que o sentido excomungado
Nunca mais se atreva a retornar

O movimento imprevisível do Androide

Rato, gato, aranha, sábia, Androide
Imagem e semelhança
A beleza matemática
O peso dos números
O rasgo das funções
Falácia, mordaça, língua, torre, ritmo, Androide

Quando teremos a imprevisibilidade à venda?
Tão simplesmente em qualquer lata
Ou na íris instalada
Micro cirurgicamente uma outorga da aniquilação

Fico emulando o gosto de sangue em minha boca
Ao ser golpeado e cair com a cara nos pedregulhos
Mar de silício
Sinto a poeira arder meus olhos
O gato arisco

Minhas mãos algemadas repousadas e contraídas
Sobre minha lombar
O perigo já foi comprado antes de qualquer rubrica

Implacável

Imprevisível

Possibilidade de imprevisibilidade

Nuvem

Androide nas mãos
No dígito
Metacarpo
Subcutâneo

Google Glass

Serei eu imortal?
O imortal já é sempre foi

Não serei eu. Nunca.
O miserável que somente pensa em pratos e cumbucas
[cheias de comida.
Raso e simples
Energúmeno
Ecumenicamente para os fins de fila

Iletrado, segregado e, portanto, feliz

Um raro camafeu (para THK)

Trancafiado pelo lado de fora
Fez-se refém da chuva oblíqua
Uma caixa preta
Miniaturização de uma Caaba mental
Vejo sob a chuva
Uma caixa preta
Um espelho
Uma água-viva
Apaixonada pela vida
Muitas vezes cortejada pela morte
Com feridas que se fecham
E abrem-se para o cão sem dono

E você disse
"Não posso mais esperar você"
"Não quero mais esperar, mamãe"

A coleira que gentilmente massageia seu pescoço
Estava atada no ar
Lançada ao chão
Dormente

E o teu desejo era um aperto bruto?
A estaca viva que insiste ir até o fundo
Te aproximando da morte
Te dando ares de uma respiração que queima as matas ciliares
Onde um espantalho vive
Conjurado com magia amarela
Nas palavras que te doeram
Ele remexe
Ele geme inaudível
Pois o coração não bate
Ele se contorce

Olhos infinitos

Olhos infinitos
Rabos molhados
Morder a perna fina de um filho chamado
Fedro
Amigo do amor
Amor ao inimigo
Olhos inchados
Orelhas quentes
Morder o calcanhar de um filho chamado insulto

Aproximar os joelhos abre a pélvis

Aproximar os joelhos abre a pélvis
Passagem para o nascimento do rebento
Grito e choro na ruptura
Quente ao frio
Amniótico ao trauma

O velho acumula baba no canto direito da boca

O velho acumula baba no canto direito da boca
Ao falar sobre o tempo
E desde longe sinto seu cheiro azedo

O nariz não cheira como antes
Assim como os óculos são trocados a cada ano
A língua engrossa, a orelha cresce
A papada se apresenta ao interlocutor
Antecipadamente
O cabelo ralo é sebo
Cheira azedo mesmo sem cheirar
De longe vejo que o tempo
Come as pessoas velhas

O tempo come
Mastiga
E cospe
Pouco a pouco
Passos lentos
Desfigurando
Por dentro
Por fora

Tornando velho
E mais velho

Ainda não investiguei
O vômito do tempo na mente
E no coração do velho
O tempo guarda o segredo
E o segredo é servo fiel do tempo
Juntos
Colados
Aguardam a minha baba escorrer no canto da boca

Xerim Xeriom (para Xerim)

Simbólico simples
Numericamente sonhadora
Algoz que trucida por algoritmos
Uma máquina sangrenta que sorteia por probabilidade as mortes
[que vai causar
Como também uma máquina de sucção e drenagem
Substituindo o trabalho da empregada e seu rodo inoxidável

Combina com o vermelho das lentes de contato
Da mente que se fascina pela mágica
Imagina tanto
Que dói
E assim se faz viva
Feridas abertas sempre
Para lembrar que ali o sangue sempre é fresco
Temperado com o sabor do sorriso
E os olhos que se fecham obedecendo o parassimpático

Sonhos sonhos sonhos
Real real real
Abre uma ferida em mim
Pois no espelho a ferida me pinta melhor

E a ardência constante me faz delirar
Deliciosamente

Eu preciso venerar
A beleza do mundo
Toda vez que eu entro na tua casa
Eu baixo a cabeça para olhar o degrau

O peso em cima de mim é um fantasma do real
Que se esconde
Mas aqui estamos sós
Ninguém há de perturbar
O desejo respira fundo
Lentamente deglutindo a si mesmo
Tornando-se um símbolo
Tornando-se um nome que ao se pronunciar demora-se dias a
[fio para se completar

Se fez filha
Do símbolo que libera substâncias em seu corpo
Que conduz a seiva ao faminto
E traduz aos nomes e renomes que damos
Sempre respirando
Confiando o corpo
Ao abismo que irá te fazer flutuar
Toda vez que se deitar
Sem saber em que posição vai acordar

Lamber os rubis na unha

Preciso memorizar as imagens
Das paredes e muros de minha morada
Para notar quando uma nova e fresca pixação aparecer

Minha antena aguda é obsessiva
Ouço a voz infantil ecoando por paredes de tijolos nus:

— Amanhã a gente pode comer o bolo.

Preciso também notar quando o calor modifica os móveis e como
[a poeira suja os pés
Não me atemorizam ou enojam os insetos ou o pinicar dos matos
daninhos em minhas canelas As teias de aranha emolduram o
território e são os enfeites da vida prática

Comer/viver/morrer/prosseguir

Elimino insetos com uma serenidade psicótica
Estou saudabilíssimo

Tenho sede
Esta é minha casa
Tenho água

Tenho clareza
Pão se come com as mãos
Vinho se bebe
Lambe como um cão
A si mesmo

E quanto aos meus pensamentos
Rememoro que minha mãe
Limpava o chão
Compulsivamente
Ao ponto de podermos esquecer os pratos
E sentar saciando a fome diretamente ao solo
Me sinto compulsivamente vivo

A tendinite do açougueiro

Carne
Lâmina
Ossos
Sangue
Força
Música
Um toureiro vegano
Uma contradição da repetição
O açougueiro tem a alma mais leve
Mata com a faca sem corte
Passa pela manteiga deixada ao relento
Sobre a mesa

Nascedouros de rios
Gritos e choques
É aquele que sempre pensa
Além do presente
O passado distrai
O futuro é a panela fumegante
É o prato contando história
Cheio de assunto

O presente é rubro
Sujo
Maquinário
E repetitivo

Olhe!

Meu braço dói
Meu espírito está leve
Me mato fácil
Pois lido bem com o facão
Soldo na conta
Mistura no prato
Sou prático/homem de simplicidade
Com uma lesão crônica
Com a cabeça fodida
E uma galinhada maravilhosa fumegante na panela do futuro a
[minha espera

O som da cinta

O som da cinta
O som da cinta

Trá

Trá

Trá

Estos hombres tristes

Oito da noite
Olhares de homens tristes nas mesas do bar
Cheiro de fígado, fato de porco na chapa
Afastados, estes homens tristes imersos
Em sua fome
Um deles agarra os talheres
Aguardando ansioso com os punhos cerrados
Como uma vítima de derrame cerebral

Sua sequela é simbólica
E a vida da América do Sul
É de capataz
É vício
Pó e fogo
Minerais essenciais

Terra amor, ódio e paixão
Sem arte, sem escrita
Só o prato surrado
Fosco e vazio
No aguardo ansioso
De um ansioso

E um teto de homens tristes
No beiral da avenida
Incomodados com suas unhas grandes
E com a falta de tempo de cortá-las

As mulheres que gostariam de ser uma máquina (para S. C.)

As mulheres que gostariam de ser uma máquina
De tanto que olham para uma
Contemplando os vestígios do tempo
Que apressa seu espectador
Conduzindo a leitura
Movendo os dedos sobre os óculos
Ignorando o cansaço
Acumulando horas
Doutora Fausto
Fez a fusão metamoru com mefisto

Um dia me enviou *pastillas* por uma carta de correio
Criou uma personagem viva
Que não ligava para o tempo
Paciente sobretudo
Sobrevida

Me chama de livro
Pois sabe que sua pena digital escreve minhas páginas
Remotamente como vudu
Marca e remarca
Conduz ao solo
O céu das culturas que nos chegam por telas

Casa
Sonho
Presente
Uma caneta vermelha que eu só conhecia na mão de pessoas
[que sabiam desenhar

Hoje eu escrevo com essa caneta
E sinto que um dia ela vai acabar
Como alguém que morre
E assim deve ser

Quem cativa os cativos?
ou Mão fantasmagórica que açoita mesmo sem a presença do chicote

Tez de traços tristes
Matas tropicais
Des-encobertas à lâmina do facão
Cativando
As botas que caminham mesmo sem a presença do senhor
Cativa a morte com o olhar
Seduz com aquilo que não se prende nas gaiolas
Mas pode comprar e engaiolar o que a lei quiser

Cativeiro

Cabeça sob os pés de couro
Puro e duro como pau
Pau de vista mansa
Testemunhou gritos, lágrimas, sangue

Ao cair da tarde
Sua sombra angular-se sobre o solo
Restava calmo e seguia seu serviço calado

Xerxes

Xerxes exerce um poder descomunal sobre mim

Quando vejo os barrigudinhos de verme
Prostrados no alpendre
Pele raxa
Manga seca
Palma verde
Chão duro
Sol vasto
Moscas em formas de Deus

Gengis Khan
Mente sã
Corpos enumerados
Pessoas de doze metros de altura
Marcham balançando a terra
É um santo profano poder
Que Xerxes exerce
Ainda sendo uma ideia

A salamandra da poesia

Fogo elemental
Luz em cruz
Brasa em vida (a brasa do nada)
Emite sinais
Em um código cripto
Crepita significância
A forma da poesia

Salamandra
Ensina muquiada
Bebendo ar
Soprando para os olhos que se recusam a piscar

A betoneira de Platão

Círculo
Movimento
Rinocerontes trajados
Fraques
Tutus
Duros como pedra
Alvos como os lençóis de Remédios, a bela

Vapores solidificam
Mais um círculo
Jumentos
Mandacarus
Bocas
Vinte e duas bocas
Discursando o durante
Espremem-se
Ávidas pelo meu cérebro
Ansiosas pelo meu muco
Olham de dentro daquilo que gira
E projeta um cansativo teatro
A betoneira de Platão
Impede que o movimento cesse
Nos impede a todo custo

Do enjoo coletivo
Besuntados de cimento
Rochas de longínquas formações
Brilhos, beiços, ordenhar a dor
Seguimos enjoados
A todo custo

Sentado à beira de si

Sentado à beira de si
Rodeado de ar
É todo o peso possível
Átimo de segundo
Descontente com a suportabilidade
De abrir e fechar os olhos
Toda vez que esquecemos que ainda não acabou

Afia as facas no meu pescoço

Afia as facas no meu pescoço
Casca amorfa morta raiz
Meu peito é povoado pelas facas cegas
Próxima da fila
Escuro reluz o breu
Um espelho em cada faca
Ferrugem do meu sangue que respira fundo
Banha
Percorre
Ganha
A bela paisagem de lâminas no seu milenar processo
De me cortar com todos os significados possíveis

Eu saúdo
Ó, cimitarra!
Imprime e segue
Cega e também reprime
Defronte
Sou facas
Amada sólida e viva
No fantasmagórico fetiche de imaginar

Contra-pena

Uma pena invisível dança aqui
Uma contra-pena visível também dança no enquanto

Observam horizontais os espectros

Observam horizontais os espectros
Sonho permeado pelo medo
Um feixe oblíquo me nomeia
Não consigo ler lábios ausentes
Disponho minha pele de olhos fechados
Todas as minhas mil pálpebras
Em um piscar de olhos
Tenho, portanto, a fé

Um boneco atolado na areia
Corpo-suga movediz
Com os braços em riste
Por mais trezentos anos
No movimento das monções
Do oriente
Esta, portanto, é a definição de fé

AFORISMÁTICO (2011-2013)

*

1. Me disseram de um terceiro ouvido...

2. Minhas meias e minhas veias estão verdes
O amuleto é um sinal.

3. Bota tudo da vida numa peneira.
E o que passa?
A fome!

4. Entrar numa sala de concerto e não saber o fim da peça, nem quantos atos há, ou se passaremos fome ao longo do processo.

5. Metas de vida números 45, 46, 47 e 48 — Desenvolver a clari-vidência, pro-vidência, pre-vidência, ad-vinhação.

6. Olhe para o céu limpo e tente achar alguma profundidade.

7. "Taca sal e deixa a chuva levar o resto" — Aforisma do cobrador do busão Terminal Campo Limpo.

8. Se nascemos em posição fetal, por que não somos enterrados da mesma maneira? Será que assim a reação com a morte seria igual com a vida?

9. *Yo había cantado que esta tierra es mía y yo llamo la negación.*

10. O que está ao redor é recebido por nós em processo, deste modo, o contato fora do útero se dá em partes, assim como nos libertamos a aprofundar aquilo que é em linha e espaço somente, unilateral e afixado nas vidas autoritariamente.

11. A cadela que antes ladrava ao portão para entrar em seu território não mais o faz, permanece em silêncio, pois suas crias, ao vê-la do outro lado inalcançável, latem por ela.

12. A pata do leão, a garra do leão, o sangue que escorre.

13. Só te corta quem tem a mão.

14. Disseminar é jogar sementes. Maior perpetuação, maior sucesso de afloramento do que a caça. Mas as sementes estão nas tripas do animal, e muitas vezes caçar é inevitável.

15. Pessoas que temem o acaso.

16. Paixão por aquelas que acordam cedo.

17. E as últimas palavras foram: Me desculpe, mas nunca senti nada.

18. O 'Foda-se' está em todas as culturas e épocas. Varia em língua e expressão, mas sempre significa a mesma coisa.

19. A poesia está do meu lado.

20. Embriologicamente o coração era uma artéria sanguínea.

21. Aquele que desce as escadas sempre pensa na queda.

22. A força que enfraquece é a defesa que ataca, ou os contrários?

23. Eu te vejo misturada.

24. Acostumou-se com a própria casa somente quando pôde andar com todas as luzes apagadas.

25. O inferno está ao redor, estamos mergulhados e cercados de demônios, mas o fogo não arde, e os demônios somem na neblina. Está tudo bem para todos.

26. O espírito benfeitor voa e transita pelos sangues que correm e se misturam

Mas o espírito não se mistura. Só se conduz.

29. "Adultério, prostituição, impureza, lascívia, idolatria, feitiçaria, inimizades, porfias, emulações, iras, pelejas, dissensões, heresias." Paulo.

30. Lobo devora rápido para ter a carne ainda quente.

31. Questão de dor.

32. A satisfação vem com o tempo.

33. Onde tu vais tua pele vai atrás.

34. Saber, ousar, querer, calar-se.

35. Adão e Eva são somente tipos primitivos da humanidade; a serpente que tenta é o tempo que põe à prova; a árvore da ciência é o direito; a expiação pelo trabalho é o dever.

36. A tênue vida entre a linha e a morte.

37. A regeneração humana está limitada a cortes, fraturas e escoriações. Quanto a amputações, não há energia que tenha o poder de reverter a perda.

38. Choca-se. Choca-se. Nasce o ovo. Glória. Necessariamente nessa ordem.

39. A identidade se vê pelo caminhar. Já basta.

40. Eu estou sobre vós e em vós. Meu êxtase está em vosso. Meu prazer é ver vosso prazer.

41. O princípio é o silêncio.

42. De
gus
ta
-me

43. Faz-se luxo. Depois a terra. Daí o pó. De veio onde vai.

44. "Deus é um Círculo cujo centro está em todas as partes e a circunferência em nenhuma" — Pascal, que copiou do Cardeal de Cusa, que transcreveu de Hermes, o três vezes sábio.

45. Pére-version. Etimos.

46. Zé povinho, definição (uma das) — olhos somente às aparências; nega as essências.

47. Por mais que estudemos, por mais que vamos longe nos espaços do universo, desde a Antiguidade, não conseguimos explicar, nem o mínimo, a razão de tanta groselha.

48. Meu calcanhar de Aquiles é no estômago.

49. O apolítico é por definição conservador, pois mantém constante a inércia de si.

50. Tudo acaba, tudo morre. É óbvio, mas quando nos colocamos no lugar dessa relação o óbvio desaparece, e nos angustiamos. E isso é uma verdade absoluta, existem várias delas.

51. Veja as coisas caindo. É muito interessante ver que existe uma força puxando tudo e tendendo para o desequilíbrio.

52. A maior característica evolutiva da humanidade é reclamar e acostumar-se, sempre nessa ordem.

53. Estamos fadados. Essa é a única certeza.

54. A efusividade extingue-se com o tempo.

55. Aquilo que tem peso segue no esforço. Condição *sine qua non* para simplesmente estar.

56. A má decisão da desobservação daquele que se inicia duvidoso é o mesmo que explode antes de atiçar a fagulha ao pavio.

57. Poesia em sono profundo, em estado de REM. Agora.

58. Assim como a pequena criança não consegue carregar um copo com uma mão, o idoso não consegue correr nas escadas.

59. A propriedade do plástico que mais foi importante para a evolução do homem: impermeabilidade.

60. Mosquitos que voam desenhando símbolos humanos no ar.

61. Cheiro de mar no seu rosto.

62. É tudo uma questão de quem abraça a brisa ou não.

63. Uma geração se curva a outra assim como a planta se curva à semente e a mãe ao filho. Este é o impulso chamado amor.

64. In-sone, de gosto leve, tenho um gosto leve.

65. A água muda tudo.

66. O silêncio só é um diálogo para aquele que se cala. Sem falsas esperanças, pois a navalha cega dói mais porque não corta.

67. Se a besta que afoga os patos que criamos em cativeiro nos trouxer os ovos, comeríamos sem ter uma diferente formatação dos músculos da face?

68. O jorro gravitacional da água da pia não condiz com a conivência do sentir-se no tempo e no som do esvair no ralo.

69. Acaso — A — sem; Caso — Causa. Causa e efeito: É possível algo sem causa surtir algum efeito?

70. Aqueles que fecham os olhos ao abrir a boca. Estamos seguros para comer a presa que já está nas garras, que não reage ou mesmo respira. O reabrir dos olhos é o prazer de deglutir e sentir que causaram a destruição daquilo que um dia foi vivo e inofensivo.

71. Esqueçam que Narciso se afogou. Nem um cão, macaco, ou qualquer outro animal cairia nessa de se afogar com o reflexo de si. Mexer com a patinha seria a primeira reação de instinto. Narciso não se afogou impressionado. Suicidou-se perante o horror de ter de saber que sente e que está preso a si mesmo.

72. Eu abraço o mundo, mas no fim todos saem abraçados, mesmo que os braços doam. O músculo fortalece, e eu nunca aprendo.

73. E se perde massa corpórea. Definha-se. Charles Mingus achava que tinha a habilidade de trazer a morte para si mesmo mentalmente, isso quando tinha uns 17. Eu acho que se treinar dá certo. Ao menos almejo. Mas a vida deve ser mais cruel.

74. Estou tendo ideias que deveria ter daqui a dez anos. Mas elas ficam no inconsciente esperando a época pra brotar. Melhor tê-las. Agora entendo a razão disso.

75. Superestimar. São aqueles os primeiros a errar.

76. Lembremos que a verdade também se esvazia.

77. A missão de minha progenitora
Termina antes da minha.

78. O tempo vegetativo ensina com a mímica do movimento de suas partes e elementos, o todo que para nós está oculto.

79. Casa Grande Senzala
Playboy e Quebrada

■ primeira edição
■ outubro de 2022